Kringle Cat Gets Lost in Guatemala
El gato Kringle se pierde en Guatemala

Carrie Foshee
Edwin Castillo Ramos
Karin Hillstrom

For all of the medical mission teams who share their skills at Hospitalito. For Paul "el bombero" who provides us with such a wonderful place to stay. For Barb and Don at Las Lagartijas who make the most delicious food, and for my beautiful tica friends Ale and Emmy who now make Guatemala their home.
CF

A la memoria de mi madre que me acompaña siempre cada día.
ECR

A Carrie, por permitirme formar parte de esta maravillosa aventura. A mi familia, fuente de apoyo constante e incondicional en toda mi vida. Los amo.
KH

Published by Kringle Tales Press, a division of Calm Teaching LLC.
310 S. 13th St
Coeur d Alene, ID 83814
kringletalespress.com

Copyright © 2016 by Carrie Foshee

All rights reserved. No part of this publication may be reproduced in whole or in part, or stored in a retrieval system, or transmitted in any form or by any means, electronic, mechanical, photocopying, recording, or otherwise, without written permission of the publisher.

ISBN 978-0-9971337-3-8
First Printing November 2016

Artwork is done in pencil and watercolor.

Other Books in the Kringle Cat Gets Lost Series

#1 Kringle Cat Gets Lost In Peru

Kringle Cat Gets Lost In Guatemala

El gato Kringle se pierde en Guatemala

Kringle was a brave cat.

Kringle era un gato valiente.

Kringle was a cat who loved adventure.

Kringle era un gato al cual le encantaba la aventura.

He loved adventure so much that he could never stay home for long.

Tanto le gustaba la aventura que no permanecía demasiado tiempo en su casa.

But Kringle had a little problem.

Pero Kringle tenía un pequeño problema.

Every time he went on an adventure he got lost.

Cada vez que salía de aventura se perdía.

One day he closed his eyes, and stuck a claw in his map.

Un día cerró sus ojos y clavó una garra en su mapa.

He took a close look at the map.

Miró detenidamente el mapa.

Before he knew it he had arrived in Guatemala and was standing on the shore of Lake Atitlan. Sadly, Kringle was very lost.

Antes de lo que imaginó había llegado a Guatemala y estaba parado frente a la orilla del Lago Atitlán. Por desgracia, Kringle se sentía muy perdido.

Then, out of the sky swooped a magnificent quetzal bird named Ketsy.

En ese momento del cielo descendió en picada un espléndido quetzal llamado Ketsy.

He explained to Ketsy about his little problem.

Le explicó a Ketsy su pequeño problema.

Ketsy said that she knew lots of fascinating places in Guatemala and would be happy to show Kringle around so he wouldn't get lost.

Ketsy le dijo que conocía muchos lugares fascinantes en Guatemala y que le gustaría mostrárselos a Kringle para que no se pierda.

Kringle rode on Ketsy's back.

Kringle voló sobre la espalda de Ketsy.

They landed in Santiago Atitlan and saw women dressed in lovely huipiles.

Aterrizaron en Santiago Atitlán y vieron mujeres vestidas con adorables huipiles.

Then, they found a store selling huipiles. Ketsy tried one on.

Más tarde encontraron una tienda que vendía los huipiles. Ketsy se probó uno.

They flew across the lake to San Pedro. Kringle ate some fried plantains.

Volando cruzaron el lago hasta llegar a San Pedro. Kringle comió algunos plátanos fritos.

Then, they saw kids from the United States taking Spanish classes.

Después vieron niños de los Estados Unidos que estaban tomando clases de español.

They flew to Panajachel and Kringle tried the famous zipline.

Volaron a Panajachel y Kringle pudo probar la famosa tirolesa.

They flew to the Mayan ruins of Tikal.

Volaron a las ruinas Mayas de Tikal.

Kringle and Ketsy climbed to the top of the tallest temple and looked at the incredible rainforest below.

Kringle y Ketsy se subieron a la cima del templo más alto y vieron la increíble selva que se extiende por debajo de los templos.

They saw a howler monkey in a tree.

En un árbol vieron un mono aullador.

Then, they flew to Chichicastenango to visit the largest outdoor market in Guatemala.

Después volaron a Chichicastenango para visitar el mercado al aire libre más grande de Guatemala.

I can't believe so many people like to climb this volcano!
¡No puedo creer que a tantas personas les guste escalar este volcán!

Later, they flew to Pacaya Volcano.
Luego volaron al Volcán de Pacaya.

A volcano and marshmallows. What an excellent combination!
Un volcán y malvaviscos. ¡Excelente combinación!

Kringle roasted marshmallows.

Kringle rostizó malvaviscos.

After the volcano they flew to Semuc Champey.

Después del volcán volaron a Semuc Champey.

They got candles and went swimming in a dark cave.

Con velas nadaron en la oscura cueva.

After a while they left the cave and relaxed in the peaceful blue pools.

Al cabo de un rato abandonaron la cueva y se relajaron en las tranquilas aguas de las piscinas azules.

Kringle was getting tired.
Kringle se estaba cansando.

Zzzzzzzz

When Kringle woke up he was back in his own kitty bed.
Cuando Kringle despertó estaba nuevamente en su camita para gatos.

He stretched and thought about his amazing trip to Guatemala.

Kringle se estiró y pensó en su estupendo viaje a Guatemala.

I wonder where I'll go next time.
Quién sabe cuál será mi próximo destino.

Want to know more about Guatemala? Here are some of the things I learned on my trip.

¿Quieres saber más sobre Guatemala? Estas son algunas cosas que he aprendido en mi viaje.

Lake Atitlan

Lake Atitlan was formed when a volcano erupted about 85,000 years ago and left a very large hole. The word for that hole is a caldera. There are three volcanos around the lake. They are named Atitlan, Toliman, and San Pedro. There are many small towns around the lake. It is fun to take a boat and go from town to town.

El lago Atitlán

El lago Atitlán se formó por una erupción volcánica hace 85.000 años y dejó un agujero gigante. Ese agujero se llama caldera. A orillas del lago se encuentran tres volcanes. Se llaman Atitlán, Tolimán y volcán San Pedro. Hay muchos pueblecitos alrededor del lago. Es divertido moverse por los pueblos en bote.

Quetzal Birds

Many people say that the Quetzal is one of the most beautiful birds in the world. It is green and blue and red. The males have long tail feathers. They eat fruit, insects, and small creatures like frogs and lizards. The Quetzal is quite important in Guatemala. It is the national bird and on the country's coat of arms. Quetzal is also the name of Guatemalan money.

Las aves Quetzal

Para muchas personas el Quetzal es considerado una de las aves más bellas del mundo. Es verde, azul y roja. Los machos tienen una cola larga de plumas. Comen frutas, insectos y pequeños organismos como ranas y lagartijas. El Quetzal es muy importante en Guatemala. Es el ave nacional y el escudo de armas del país. A la moneda guatemalteca también se la llama Quetzal.

Santiago Atitlan

Santiago Atitlan, is the largest of the towns around Lake Atitlan. The people here speak Spanish and Tz'utujil (pronounced dz- oot oo heel). Many women wear traditional purple-striped skirts and tops embroidered with colorful birds and flowers. Older men still wear lavender or maroon striped embroidered shorts. There are lots of arts and crafts here so it's fun to shop. There is also boatbuilding and you can see rows of dugout canoes lined up along the shore. Santiago Atitlan has a small hospital named "Hospitalito" where many groups from the United States go to provide medical services for the people of this beautiful area.

Hospitalito

Santiago Atitlán

Santiago Atitlán, es la ciudad más grande que se encuentra a orillas del lago Atitlán. Aquí se habla español y Tz'utujil (una lengua indígena). Muchas mujeres llevan trajes típicos con faldas a rayas color morado y blusas bordadas con motivos de pájaros y flores de muchos colores. Los hombres mayores todavía usan pantalones cortos bordados en color lavanda o bermellón. En el lugar se encuentran muchas artesanías y es muy divertido salir de compras. La construcción de barcos también es muy característica y puedes ver muchas canoas alineadas a orillas del lago. Santiago Atitlán también cuenta con un pequeño hospital llamado "Hospitalito" donde muchos grupos de los Estados Unidos proporcionan asistencia médica para la gente de este hermoso lugar.

Huipiles

A huipil (pronounced wee-peel) is a traditional, hand woven, embroidered top worn by many Mayan women in Mexico and Central America. The design of the huipil is different depending on where you live. No two are the same. Huipiles are usually worn with a traditional wraparound skirt, a sash, and a shawl. Many visitors buy huipiles to hang on the wall as art.

Los huipiles

El huipil (blusa o vestido adornado) es una blusa tradicional tejida a mano y luego bordada que usan muchas mujeres mayas tanto en México como en Centroamérica. El diseño del huipil varía según la zona donde vives. No hay dos iguales. Los huipiles por lo general se llevan con una falda tradicional enrollada al cuerpo, una faja y un chal o perraje. Muchos turistas compran los huipiles para colgarlos en la pared como arte.

San Pedro

San Pedro is a small, relaxed, town on Lake Atitlan that has many Spanish schools. The town is easily walkable with wonderful places to eat or enjoy a cup of Guatemalan coffee.

San Pedro

San Pedro es un pueblecito relajado a orillas del lago Atitlán que tiene muchas escuelas de español. De fácil acceso a pie cuenta con lugares maravillosos para disfrutar una buena comida o una taza de café guatemalteco.

Plantains

Plantains look like big bananas. They are part of the banana family but they contain less sugar and more starch. They are almost always cooked or fried. They are delicious! My favorite way to eat them is to cut them up and fry them in a bit of oil or butter. Some people like to dip the plantain pieces in cream as they eat them. You should try them!

Los plátanos

Los plátanos son bananas grandes. Forman parte de la familia de las bananas pero contienen menos azúcar y más almidón. En la mayoría de los casos se cocinan o se fríen. ¡Son deliciosos! A mí me encanta cortarlos y freírlos en un poco de aceite o mantequilla. Algunas personas pasan los trocitos de plátano por crema y luego los comen. ¡Debes probarlos!

Panajachel Ziplines

The Atitlan Nature Reserve in Panajachel is home to two incredible zipline courses. It might seem a little scary at first but the guides will help you. The cables take you by waterfalls and steep cliffs with the lake and the volcanoes in the background. When you're finished with the zipline you can visit butterflies in the Geo-Dome or feed fruit to the monkeys while exploring the trails. This is a really fun place!

Las tirolesas de Panajachel

La reserve ecológica de Atitlán en Panajachel tiene dos circuitos de tirolesas extraordinarios. Al principio puede resultar un poco temeroso, pero los guías te ayudan. Las tirolesas te pasean por las cataratas y por los acantilados con el lago y los volcanes de fondo. Una vez que terminas con las tirolesas puedes visitar el mariposario en el Geodomo o también puedes alimentar a los monos ofreciéndoles alguna fruta mientras exploras los senderos. ¡Es un lugar muy divertido!

Tikal

The ruins of Tikal belong to an ancient city found in a rainforest in northern Guatemala. There are around 3000 structures many of which have not yet been excavated. There are six very large pyramids labeled temples I-VI. Temple IV is the tallest temple rising 230 feet (70 meters) into the rainforest.

Tikal

Las ruinas de Tikal pertenecen a una ciudad antigua maya ubicada en la selva al norte de Guatemala. Tiene alrededor de 3.000 estructuras, muchas de las cuales aún no han sido excavadas. Cuenta con seis grandes pirámides llamadas templos que van del I al VI. El templo número IV es el más alto y mide 230 pies (70 metros). Se extiende hacia los cielos dentro de la selva.

Howler Monkeys

Howler monkeys are the largest monkey found in Central and South America. They are the second loudest animal in the entire world. Only blue whales are louder. Many people think that they sound like lions roaring. Their howls can be heard up to three miles away through the rain forest. They eat mostly leaves. They will also eat fruit but spider monkeys are faster and usually get to the fruit first. If you search for Howler Monkey Sounds on the Internet you can hear the sounds that they make.

Los monos aulladores

Son los monos más grandes que se extienden entre Centro y Sudamérica. Son los segundos animales más ruidosos del planeta. Sólo la ballena azul produce los sonidos más fuertes. Muchas personas consideran el sonido del mono aullador similar al rugido de los leones. El aullido se extiende hasta tres millas (4,8 kilómetros) dentro de la selva. Se alimentan principalmente de hojas. También comen frutas pero los monos araña son más rápidos y por lo general llegan a la fruta primero. Si buscas "sonidos del mono aullador" en el Internet podrás escuchar el sonido que emiten los monos aulladores.

Chichicastenango

Chichicastenango, lovingly referred to as Chichi, is a town located about 2 ½ hours northwest of Guatemala City. It is famous for its huge outdoor craft market held every Thursday and Sunday. It is also home to the 400 year old church of Santo Tomas which is located right next to the market. Each of the 18 stairs that lead up to the church stands for one month of the Mayan calendar year. The Mayan calendar has 18 months with 20 days each month.

Chichicastenango

Chichicastenango, cariñosamente llamado Chichi, es un pueblo que se encuentra a 2 horas y ½ al noroeste de la ciudad capital de Guatemala. Es famoso por su mercado al aire libre que se realiza todos los jueves y domingos. También allí, muy cerca del mercado, se halla la antigua iglesia de Santo Tomás que tiene más de 400 años. La escalinata de la iglesia que cuenta con 18 escalones simboliza en cada escalón un mes del calendario maya. El calendario maya tiene 18 meses de 20 días cada mes.

Pacaya Volcano

Pacaya volcano is a popular tourist destination. It is located 19 miles southwest of Guatemala City and is one of Guatemala's most active volcanoes. You can often see its eruptions from the capital city. It is thought to have first erupted around 23,000 years ago. The volcano was dormant for about 100 years until it erupted again in 1965. It has been active ever since. Many visitors enjoy roasting marshmallows over the volcano's heat vents. Delicious!

El volcán de Pacaya

El volcán de Pacaya es uno de los destinos turísticos más visitados. Está ubicado a 19 millas (30 kilómetros) al suroeste de la ciudad capital de Guatemala y se considera uno de los volcanes más activos del país. A menudo se pueden ver las erupciones desde la ciudad. Se cree que su primera erupción fue hace aproximadamente 23.000 años. El volcán estuvo inactivo unos 100 años hasta que entró en erupción en 1965. Ha estado activo desde entonces. Muchos visitantes disfrutan poder rostizar malvaviscos sobre el calor que se genera en áreas cercanas al cráter. ¡Deliciosos!

Semuc Champey

Many people consider Semuc Champey to be one of the most beautiful places in Guatemala. It is a national park that has an impressive 300 meters long limestone bridge. Under the bridge flows part of the 122 mile long Cahabon River. On top of the bridge there are a series of stunning, turquoise, natural swimming pools. Locals and visitors like to swim and relax in the pools. You can also go tubing in the river. If you are feeling really adventurous then you might like swimming in one of the caves. You can swim with one hand and hold a candle with the other. While in the caves you might also get to climb waterfalls with ropes and jump from high rocks into the water. Semuc Champey is not an easy place to get to but you will have so much fun once you're there.

Semuc Champey

Considerado uno de los sitios más hermosos de Guatemala. Semuc Champey es un parque nacional que cuenta con un impresionante puente natural de piedra caliza de 300 metros de largo por el cual fluye el río Cahabón de unas 122 millas de largo (196 kilómetros). En la parte superior del puente se encuentran unas maravillosas piscinas naturales color verde turquesa. Tanto los lugareños como los visitantes suelen nadar y relajarse en estas piscinas. También puedes descender las aguas del río con un neumático. Si te atrae la aventura podrás nadar en las cuevas sosteniendo una vela en la mano. Dentro de las cuevas puedes subir las cascadas con una cuerda y luego saltar desde las alturas al agua. Semuc Champey no es de fácil acceso pero una vez que estés allí, te divertirás muchísimo.

I had a great time in Guatemala! I hope you can go there someday too!
 Your Friend,
Kringle

¡Me divertí mucho en Guatemala! ¡Espero que también puedas ir allí algún día!
 Tu amigo,
Kringle

Made in the USA
San Bernardino, CA
30 December 2016